学校でおぼえた

日本の名詩

彩図社文芸部編纂

序

本書は、戦後の小学校、中学校、高校の国語教科書に掲載されていた詩を収録したアンソロジーです。詩人34人、詩１００篇から成り立っています。

子どもの頃を思い出すようなノスタルジックなものから、恋人を思う恋愛の詩、自分や他人に対する叱咤激励の詩まで、さまざまなテーマの作品が掲載されています。

採用される教科書は地域や年代によって異なりますので、人によっては見たことのあるものも、記憶にないものもあるでしょう。

初めて目にした人は、それらの詩を新鮮な気持ちで味わうことができるでしょうし、以前読んだことのある人は、学生時代とは違う感想を抱くことになるかもしれません。いずれにせよ、大人になった今だからこそ感じ取れる、名詩の持つテーマ性や味わい深さがあることと思います。

ここに収録した名詩をじっくりと味わっていただけたなら、編集部にとってこれにまさる喜びはありません。

目次

序　3

島崎藤村

初恋　14
やしの実　16
千曲川旅情の歌　18

高村光太郎

道程　20
ぼろぼろな駝鳥《だちょう》　22
その年私の十六が来た　23
人に　24
レモン哀歌　28

室生犀星

小景異情　30
誰《たれ》かをさがすために　32
寂しき春　34
家庭　35

三好達治

甃《いし》のうへ　36
大阿蘇　38
ブブル　40
雪　41

中原中也
汚れつちまつた悲しみに…… 42
一つのメルヘン 44
頑是ない歌 46
生ひ立ちの歌 49
骨 51

草野心平
富士山 53
ぐりまの死 55
青イ花 56
春殖 58
冬眠 59

宮沢賢治
雨ニモマケズ 60
くらかけ山の雪 63
岩手山 64
松の針 65
永訣の朝 67

八木重吉
素朴な琴 71
うつくしいもの 72
草に　すわる 73

萩原朔太郎

旅上……74

猫……76

地面の底の病気の顔……77

時計……79

安西冬衛

春……81

茨木のり子

わたしが一番きれいだったとき……82

倚《よ》りかからず……85

自分の感受性くらい……87

新川和江

わたしを束ねないで……89

名づけられた葉……92

山村暮鳥

雲……94

風景　純銀もざいく……96

春の川……98

人間に与える詩……99

北原白秋

からまつ……100

ほのかにひとつ……104

立原道造
のちのおもひに …… 106
眠りの誘《いざな》ひ …… 108
わかれる昼に …… 110
金子みすゞ
わたしと　小鳥と　すずと …… 112
ふしぎ …… 114
大漁 …… 116
大関松三郎
虫けら …… 117
水 …… 120
丸山薫
水夫の足 …… 122
鉱業 …… 124
小野十三郎
葦《あし》の地方 …… 126
山頂から …… 128
村野四郎
鹿 …… 129
さんたんたる鮟鱇《あんこう》 …… 131
鉄棒 …… 133

金子光晴
くらげの唄 134
富士 137

中野重治
歌 140
豪傑 142
しらなみ 144
最後の箱 145

佐藤春夫
海の若者 147
秋刀魚の歌 149

千家元麿
朝飯 152
雁《がん》 154

山之口貘
ねずみ 156
賑やかな生活である 158
妹へおくる手紙 160

田中冬二
山鴫 162

黒田三郎
紙風船 …… 164
僕はまるでちがって …… 166
ある日ある時 …… 168

石垣りん
表札 …… 169
シジミ …… 172
挨拶—原爆の写真によせて …… 173

石原吉郎
木のあいさつ …… 176
麦 …… 178

山本太郎
散歩の唄—あかりと爆に …… 180
生まれた子に …… 183

吉原幸子
喪失ではなく …… 185
これから …… 188

吉野弘
夕焼け …… 190
祝婚歌 …… 194

田村隆一
木……197
四千の日と夜……200
谷川俊太郎
二十億光年の孤独……202
朝のリレー……204
かなしみ……206
芝生……207
空に小鳥がいなくなった日……208

学校でおぼえた　日本の名詩

島崎藤村

初恋

まだあげ初《そ》めし前髪の
林檎のもとに見えしとき
前にさしたる花櫛《はなぐし》の
花ある君と思ひけり

やさしく白き手をのべて
林檎をわれにあたへしは

しまざき・とうそん（一八七二——一九四三）筑摩県馬籠村（現在の岐阜県中津川市）生まれ。英語教師として教鞭を執る傍ら、北村透谷らと「文學界」の創刊に携わる。一八九七年に処女詩集「若菜集」を刊行。浪漫派詩人として名声を得るが、後に創作の場を小説に移行する。小説の代表作に「破戒」「春」「夜明け前」など。

薄紅《うすくれない》の秋の実に
人こひ初めしはじめなり

わがこころなきためいきの
その髪の毛にかかるとき
たのしき恋の盃を
君が情《なさけ》に酌みしかな

林檎畠の樹《こ》の下《した》に
おのづからなる細道は
誰《た》が踏みそめしかたみぞと
問ひたまふこそこひしけれ

やしの実

名も知らぬ遠き島より
流れ寄るやしの実一つ

ふるさとの岸をはなれて
なれはそも波にいく月

もとの樹は生ひやしげれる
えだはなほ影をやなせる

われもまたなぎさをまくら
ひとり身のうきねの旅ぞ

実をとりてむねにあつれば
あらたなり流離のうれひ

17　島崎藤村

海の日のしづむを見れば
たぎり落つ異郷のなみだ
思ひやる八重の潮々《しおじお》
いづれの日にか国に帰らん

千曲川《ちくまがわ》旅情の歌

小諸《こもろ》なる古城のほとり
雲白く遊子《ゆうし》悲しむ
緑なす繁蔞《はこべ》は萌えず
若草も藉《し》くによしなし
しろがねの衾《ふすま》の岡辺《おかべ》
日に溶けて淡雪流る

あたたかき光はあれど
野に満つる香《かおり》も知らず
浅くのみ春は霞みて
麦の色わづかに青し
旅人の群《むれ》はいくつか
畠《はた》中の道を急ぎぬ

暮れ行けば浅間も見えず
歌哀し佐久《さく》の草笛
千曲川いざよふ波の
岸近き宿にのぼりつ
濁り酒濁れる飲みて
草枕しばし慰む

高村光太郎

道程

ぼくの前に道はない
ぼくのうしろに道はできる
ああ自然よ
父よ
ぼくをひとり立ちにさせた広大な父よ
ぼくから目を離さないで守ることをせよ
常に父の気魄《はく》をぼくに満たしめよ

たかむら・こうたろう（一八八三――一九五六）東京生まれ。彫刻家・高村光雲の長男で、自身も彫刻を学ぶ。その傍らで文学にも親しみ、一九一四年に処女詩集「道程」を刊行した。妻・智恵子との日々を描いた詩集「智恵子抄」は彼の代表作の一つに数えられる。他に詩集「典型」、美術評論「美について」、彫刻「手」など。

この遠い道程のため
この遠い道程のため

ぼろぼろな駝鳥《だちょう》

何が面白くて駝鳥を飼ふのだ。
動物園の四坪半のぬかるみの中では、
脚が大股過ぎるぢやないか。
頚《くび》があんまり長過ぎるぢやないか。
雪の降る国にこれでは羽がぼろぼろ過ぎるぢやないか。
腹がへるから堅パンも食ふだらうが、
駝鳥の眼は遠くばかり見てゐるぢやないか。
身も世もない様に燃えてゐるぢやないか。
瑠璃色の風が今にも吹いて来るのを待ちかまへてゐるぢやないか。
あの小さな素朴な頭が無辺大の夢で逆まいてゐるぢやないか。
これはもう駝鳥ぢやないぢやないか。
人間よ、
もう止《よ》せ、こんな事は。

その年私の十六が来た

自分の笑つた声に目をさまされて
私はそつと瞼《まぶた》をあけた。

寒夜のしじまは荘厳以上。

「これ、光《みつ》、目をさませ。」

おぢいさんが私をゆすぶる。

「お前はゆうべも笑つたぞ。」

「何だか夢でをかしいの。」

「魔がつくのだから気を張つてねろ。」

私は不意に怖くなつた。

頭から夜着をかぶつて眼をとぢたが
とろりとすると又笑つた。

おぢいさんは闇の中に起き直つて
急急如律令《きゅうきゅうにょりつりょう》と九字を切つた。

その年私の十六が来た。

人に

いやなんです
あなたのいつてしまふのが――

花よりさきに実のなるやうな
種子《たね》よりさきに芽の出るやうな
夏から春のすぐ来るやうな
そんな理屈に合はない不自然を
どうかしないでゐて下さい
型のやうな旦那さまと
まるい字をかくそのあなたと
かう考へてさへなぜか私は泣かれます
小鳥のやうに臆病で
大風のやうにわがままな
あなたがお嫁にゆくなんて

いやなんです
あなたのいつてしまふのが――

なぜさうたやすく
さあ何といひませう――まあ言はば
その身を売る気になれるんでせう
あなたはその身を売るんです
一人の世界から
万人の世界へ
そして男に負けて
無意味に負けて
ああ何といふ醜悪事でせう
まるでさう
チシアンの画《か》いた絵が
鶴巻町へ買物に出るのです

私は淋《さび》しい、かなしい
何といふ気はないけれど
恰度《ちょうど》あなたの下すつた
あのグロキシニアの
大きな花の腐つてゆくのを見る様な
私を棄てて腐つてゆくのを見る様な
空を旅してゆく鳥の
ゆくへをぢつとみてゐる様な
浪の砕けるあの悲しい自棄のこころ
はかない　淋しい　焼けつく様な
――それでも恋とはちがひます
サンタマリア
ちがひます　ちがひます
何がどうとはもとより知らねど
いやなんです
あなたのいつてしまふのが――

おまけにお嫁にゆくなんて
よその男のこころのままになるなんて

レモン哀歌

そんなにもあなたはレモンを待つてゐた
かなしく白くあかるい死の床で
わたしの手からとつた一つのレモンを
あなたのきれいな歯ががりりと噛んだ
トパァズいろの香気《こうき》が立つ
その数滴の天のものなるレモンの汁は
ぱつとあなたの意識を正常にした
あなたの青く澄んだ眼がかすかに笑ふ
わたしの手を握るあなたの力の健康さよ
あなたの咽喉《のど》に嵐はあるが
かういふ命の瀬戸ぎはに
智恵子はもとの智恵子となり
生涯の愛を一瞬にかたむけた
それからひと時

昔山巓《さんてん》でしたやうな深呼吸を一つして
あなたの機関はそれなり止まつた
写真の前に挿《さ》した桜の花かげに
すずしく光るレモンを今日も置かう

室生犀星

小景異情

ふるさとは遠きにありて思ふもの
そして悲しくうたふもの

よしや
うらぶれて異土の乞食《かたい》となるとても
帰るところにあるまじや
ひとり都のゆふぐれに

むろお・さいせい（一八八九——一九六二）石川県生まれ。高等小学校中退後、裁判所で給仕として働く傍ら俳句や詩を作り始める。一九一六年、萩原朔太郎と「感情」を創刊。一九一八年、詩集「愛の詩集」「抒情小曲集」を刊行、以降は創作の場を小説に移した。小説に「幼年時代」「性に眼覚める頃」「杏っ子」など。

ふるさとおもひ涙ぐむ
そのこころもて
遠きみやこにかへらばや
遠きみやこにかへらばや

※「小景異情」はその六までありますが、教科書と同じく、その二のみを掲載しています。

誰《たれ》かをさがすために

けふもあなたは
何をさがしにとぼとぼ歩いてゐるのです、
まだ逢つたこともない人なんですが
その人にもしかしたら
けふ逢へるかと尋ねて歩いてゐるのです、
逢つたこともない人を
どうしてあなたは尋ね出せるのです、
顔だつて見たことのない他人でせう、
それがどうして見つかるとお思ひなんです、
いや　まだ逢つたことがないから
その人を是非尋ね出したいのです、
逢つたことのある人には
わたくしは逢ひたくないのです、
あなたは変《かわ》つた方ですね、

はじめて逢ふために人を捜してゐるのが
そんなに変に見えるのでせうか、
人間はみなそんな捜し方をしてゐるのではないか、
そして人間はきつと誰かを一人づつ、
捜しあててゐるのではないか。

寂しき春

したたり止《や》まぬ日のひかり
うつうつまはる水ぐるま
あをぞらに
越後の山も見ゆるぞ
さびしいぞ

一日もの言はず
野にいでてあゆめば
菜種のはなは波をつくりて
いまははや
しんにさびしいぞ

家庭

家庭をまもれ
悲しいが営んでゆけ
それなりで凝り固まってゆがんだら
ゆがんだなりの美しい実になろう。
家庭をまもれ
百年ののちもみんな同じく諦《あき》らめきれないことだらけだ
悲しんでいながらまもれ
家庭を脱《ぬ》けるな
ひからびた家庭にも返り花の時があろう
どうぞこれだけはまもれ
この苦しみを守ってしまったら。
笑いごとだらけになろう。

三好達治

甃《いし》のうへ

あはれ花びらながれ
をみなごに花びらながれ
をみなごしめやかに語らひあゆみ
うららかの跫音《あしおと》空にながれ
をりふしに瞳をあげて
翳《かげ》りなきみ寺の春をすぎゆくなり
み寺の甍《いらか》みどりにうるほひ

みよし・たつじ（一九〇〇——一九六四）大阪市生まれ。東大仏文科卒。一九三〇年に処女詩集「測量船」を刊行。抒情的かつ格調高い作風で注目された。その後も「南窗集」「閒花集」「山果集」と定期的に詩集を刊行。一九五三年「駱駝の瘤にまたがつて」で芸術院賞、一九六三年「定本三好達治全詩集」で読売文学賞受賞。

廂々《ひさし》に
風鐸《ふうたく》のすがたしづかなれば
ひとりなる
わが身の影をあゆまする甃のうへ

大阿蘇

雨の中に馬がたつてゐる
一頭二頭仔馬《こうま》をまじへた馬の群れが　雨の中にたつてゐる
雨は蕭々《しょうしょう》と降つてゐる
馬は草をたべてゐる
尻尾も背中も鬣《たてがみ》も　ぐつしよりと濡れそぼつて
彼らは草をたべてゐる
草をたべてゐる
あるものはまた草もたべずに　きよとんとしてうなじを垂れてたつてゐる
雨は降つてゐる　蕭々と降つてゐる
山は煙をあげてゐる
中嶽《なかだけ》の頂きから　うすら黄《き》いろい　重つ苦しい噴煙が濛々《もうもう》とあがつてゐる
空いちめんの雨雲と
やがてそれはけぢめもなしにつづいてゐる

馬は草をたべてゐる
艸千里浜《くさせんりはま》のとある丘の
雨に洗はれた青草を　彼らはいつしんにたべてゐる
たべてゐる
彼らはそこにみんな静かにたつてゐる
ぐつしよりと雨に濡れて　いつまでもひとつところに　彼らは静かに集つてゐる
もしも百年が　この一瞬の間にたつたとしても　何の不思議もないだらう
雨が降つてゐる　雨が降つてゐる
雨は蕭々と降つてゐる

ブブル

ブブル　おまえはおろかな犬　しっぽをよごして
ブブル　けれどもおまえの目
それは二つの湖水のようだ　私のひざに顔を置いて
ブブル　おまえと私と　風を聞く

雪

太郎を眠らせ、太郎の屋根に雪ふりつむ。
次郎を眠らせ、次郎の屋根に雪ふりつむ。

中原中也

汚れつちまつた悲しみに……

汚れつちまつた悲しみに
今日も小雪の降りかかる
汚れつちまつた悲しみに
今日も風さへ吹きすぎる

汚れつちまつた悲しみは
たとへば狐の革裘《かはごろも》

なかはら・ちゅうや（一九〇七――一九三七）
山口県生まれ。十五歳で友人と歌集を発表する。「ダダイスト新吉の詩」を読みダダイズムに傾倒、また、ランボーやヴェルレーヌなどフランスの詩にも親しむ。一九三四年に処女詩集「山羊の歌」を刊行するも、一九三七年に三十歳の若さで死去。翌年、詩集「在りし日の歌」が刊行された。

汚れつちまつた悲しみは
小雪のかかつてちぢこまる

汚れつちまつた悲しみは
なにのぞむなくねがふなく
汚れつちまつた悲しみは
倦怠《けだい》のうちに死を夢む

汚れつちまつた悲しみに
いたいたしくも怖気《おじけ》づき
汚れつちまつた悲しみに
なすところもなく日は暮れる……

一つのメルヘン

秋の夜は、はるかの彼方《かなた》に、
小石ばかりの、河原があつて、
それに陽《ひ》は、さらさらと
さらさらと射してゐるのでありました。

陽といつても、まるで硅石《けいせき》か何かのやうで、
非常な個体の粉末のやうで、
さればこそ、さらさらと
かすかな音を立ててもゐるのでした。

さて小石の上に、今しも一つの蝶がとまり、
淡い、それでゐてくつきりとした
影を落としてゐるのでした。

やがてその蝶がみえなくなると、いつのまにか、
今迄流れてもゐなかつた川床に、水は
さらさらと、さらさらと流れてゐるのでありました……

頑是《がんぜ》ない歌

思へば遠く来たもんだ
十二の冬のあの夕べ
港の空に鳴り響いた
汽笛の湯気は今いづこ

雲の間に月はゐて
それな汽笛を耳にすると
竦然《しょうぜん》として身をすくめ
月はその時空にゐた

それから何年経つたことか
汽笛の湯気を茫然と
眼で追ひかなしくなつてゐた
あの頃の俺はいまいづこ

今では女房子供持ち
思へば遠く来たもんだ
此《こ》の先まだまだ何時までか
生きてゆくのであらうけど

生きてゆくのであらうけど
遠く経て来た日や夜の
あんまりこんなにこひしゆては
なんだか自信が持てないよ

さりとて生きてゆく限り
結局我ン張る僕の性質《さが》
と思へばなんだか我ながら
いたはしいよなものですよ

考へてみればそれはまあ
結局我ン張るのだとして
昔恋しい時もあり　そして
どうにかやつてはゆくのでせう

考へてみれば簡単だ
畢竟《ひっきょう》意志の問題だ
なんとかやるより仕方もない
やりさへすればよいのだと

思ふけれどもそれもそれ
十二の冬のあの夕べ
港の空に鳴り響いた
汽笛の湯気や今いづこ

生ひ立ちの歌

幼　年　時

私の上に降る雪は
真綿《まわた》のやうでありました

少　年　時

私の上に降る雪は
霙《みぞれ》のやうでありました

十七―十九

私の上に降る雪は
霰《あられ》のやうに散りました

二十―二十二

私の上に降る雪は

雹《ひょう》であるかと思はれた

二十三

私の上に降る雪は
ひどい吹雪とみえました

二十四

私の上に降る雪は
いとしめやかになりました……

※「生ひ立ちの歌」はⅡまでありますが、教科書と同じく、Ⅰのみを掲載しています。

骨

ホラホラ、これが僕の骨だ、
生きてゐた時の苦労にみちた
あのけがらはしい肉を破つて、
しらじらと雨に洗はれ
ヌツクと出た、骨の尖《さき》。

それは光沢もない、
ただいたづらにしらじらと、
雨を吸収する、
風に吹かれる、
幾分空を反映する。

生きてゐた時に、
これが食堂の雑踏の中に、

座つてゐたこともある、
みつばのおしたしを食つたこともある、
と思へばなんとも可笑《おか》しい。

ホラホラ、これが僕の骨――
見てゐるのは僕？　可笑しなことだ。
霊魂はあとに残つて、
また骨の処《ところ》にやつて来て、
見てゐるのかしら？

故郷《ふるさと》の小川のへりに
半《なか》ばは枯れた草に立つて
見てゐるのは、――僕？
恰度《ちょうど》立札ほどの高さに、
骨はしらじらととんがつてゐる。

草野心平

くさの・しんぺい（一九〇三――一九八八）福島県生まれ。中国の嶺南大学留学。在学中に詩誌「銅鑼」を創刊する。一九二八年、詩集「第百階級」を刊行。行末ごとに句点を打つ、独特の擬声語を用いるなど、唯一無二の作風を展開した。宮沢賢治や八木重吉を世に紹介した人物としても知られる。他に詩集「蛙」「富士山」など。

富士山　作品第肆

川面《づら》に春の光はまぶしく溢れ。そよ風が吹けば光りたちの鬼ごつこ葦の葉のささやき。行行子《よしきり》は鳴く。行行子《よしきり》の舌にも春のひかり。

土堤の下のうまごやしの原に。
自分の顔は両掌《て》のなかに。
ふりそそぐ春の光りに却つて物憂く。
眺めてゐた。

少女たちはうまごやしの花を摘んでは巧みな手さばきで花環をつくる。それをなはにして縄跳びをする。花環が円を描くとそのなかに富士がはひる。その度に富士は近づき。とほくに坐る。

耳には行行子。
頬にはひかり。

ぐりまの死

ぐりまは子供に釣られてたたきつけられて死んだ。
取りのこされたるりだは。
菫《すみれ》の花をとつて。
ぐりまの口にさした。

半日もそばにゐたので苦しくなつて水にはひつた。
くわんらくの声声が腹にしびれる。
泪《なみだ》が噴きあげのやうに喉《のど》にこたへる。

菫をくはへたまんま。
菫もぐりまも。
カンカン夏の陽《ひ》にひからびていつた。

青イ花

トテモキレイナ花。
イッパイデス。
イイニオイ。イッパイ。
オモイクライ。
オ母サン。
ボク。
カエリマセン。
沼ノ水口《みずくち》ノ。
アスコノオモダカノネモトカラ。
ボク。トンダラ。
ヘビノ眼ヒカッタ。
ボクソレカラ。
忘レチャッタ。
オ母サン。

サヨナラ。
大キナ青イ花モエテマス。

春殖

るるるるるるるるるるるるるるるるるるるるるるるるるるる

冬眠

●

宮沢賢治

雨ニモマケズ

雨ニモマケズ
風ニモマケズ
雪ニモ夏ノ暑サニモマケヌ
丈夫ナカラダヲモチ
慾ハナク
決シテ瞋ラズ
イツモシヅカニワラッテヰル

みやざわ・けんじ（一八九六——一九三三）岩手県生まれ。花巻農学校で教師を務める傍ら、創作活動を行う。法華経に傾倒、農民生活の向上に尽くした人生は、作品にも独特の世界観を伴って表れている。主な作品に詩集「春と修羅」、童話「注文の多い料理店」「銀河鉄道の夜」「風の又三郎」など。多くは没後に発表された。

一日ニ玄米四合ト
味噌ト少シノ野菜ヲタベ
アラユルコトヲ
ジブンヲカンジョウニ入レズニ
ヨクミキキシワカリ
ソシテワスレズ
野原ノ松ノ林ノ蔭ノ
小サナ萱ブキノ小屋ニヰテ
東ニ病気ノコドモアレバ
行ッテ看病シテヤリ
西ニツカレタ母アレバ
行ッテソノ稲ノ束ヲ負ヒ
南ニ死ニサウナ人アレバ
行ッテコハガラナクテモイヽトイヒ
北ニケンクヮヤソショウガアレバ
ツマラナイカラヤメロトイヒ

ヒデリノトキハナミダヲナガシ
サムサノナツハオロオロアルキ
ミンナニデクノボートヨバレ
ホメラレモセズ
クニモサレズ
サウイフモノニ
ワタシハナリタイ

くらかけ山の雪

たよりになるのは
くらかけつづきの雪ばかり
野はらもはやしも
ぽしやぽしやしたり黝《くす》んだりして
すこしもあてにならないので
まことにあんな酵母のふうの
朧《おぼろ》なふぶきではありますが
ほのかなのぞみを送るのは
くらかけ山の雪ばかりです

岩手山

そらの散乱反射のなかに
古ぼけて黒くゑぐるもの
ひかりの微塵《みじん》系列の底に
きたなくしろく澱《よど》むもの

松の針

　さっきのみぞれをとってきた
　あのきれいな松のえだだよ
おゝ　おまえはまるでとびつくように
そのみどりの葉にあついほおをあてる
そんな植物性の青い針のなかに
はげしくほおを刺させることは
むさぼるようにさえすることは
どんなにみんなをおどろかすことか
そんなにまでおまえは林へ行きたかったのだ
おまえがあんなにねつに燃され
あせやいたみでもだえているとき
わたくしは日のてるところでたのしくはたらいたり
ほかのひとのことを考えながらぶら／＼森をあるいていた
　《あゝいい　さっぱりした

　まるで林のながさ來たよだ》
鳥のようにりすのように
おまえは林をしたっていた
どんなにわたくしがうらやましかったろう
あゝきょうのうちにとおくへさろうとするいもうとよ
ほんとうにおまえはたったひとりでいけるのか
わたくしにいっしょに行けとたのんでくれ
泣いてわたくしにそう言ってくれ
　おまえのほおの　けれども
なんというきょうのうつくしさよ
わたくしは緑のかやのうえにも
この新鮮な松のえだをおこう
いまにしずくもおちるだろうし
そら
さわやかな
turpentine《ターペンティン》 のにおいもするだろう

永訣の朝

けふのうちに
とほくへいつてしまふわたくしのいもうとよ
みぞれがふつておもてはへんにあかるいのだ
*（あめゆじゆとてちてけんじや）
うすあかくいつそう陰惨《いんざん》な雲から
みぞれはびちよびちよふつてくる
（あめゆじゆとてちてけんじや）
青い蓴菜《じゅんさい》のもやうのついた
これらふたつのかけた陶椀《とうわん》に
おまへがたべるあめゆきをとらうとして
わたくしはまがつたてつぽうだまのやうに
このくらいみぞれのなかに飛びだした
（あめゆじゆとてちてけんじや）
蒼鉛《そうえん》いろの暗い雲から

みぞれはびちよびちよ沈んでくる
ああとし子
死ぬといふいまごろになつて
わたくしをいつしやうあかるくするために
こんなさつぱりした雪のひとわんを
おまへはわたくしにたのんだのだ
ありがたうわたくしのけなげないもうとよ
わたくしもまつすぐにすすんでいくから
（あめゆじゆとてちてけんじや）
はげしいはげしい熱やあえぎのあひだから
おまへはわたくしにたのんだのだ
　銀河や太陽　気圏などとよばれたせかいの
そらからおちた雪のさいごのひとわんを……
…ふたきれのみかげせきざいに
みぞれはさびしくたまつてゐる
わたくしはそのうへにあぶなくたち

雪と水とのまつしろな二相系《にそうけい》をたもち
すきとほるつめたい雫にみちた
このつややかな松のえだから
わたくしのやさしいいもうとの
さいごのたべものをもらつていかう
わたしたちがいつしよにそだつてきたあひだ
みなれたちやわんのこの藍のもやうにも
もうけふおまへはわかれてしまふ
*(Ora Orade Shitori egumo)
ほんたうにけふおまへはわかれてしまふ
あぁあのとざされた病室の
くらいびやうぶやかやのなかに
やさしくあをじろく燃えてゐる
わたくしのけなげないもうとよ
この雪はどこをえらばうにも
あんまりどこもまつしろなのだ

あんなおそろしいみだれたそらから
このうつくしい雪がきたのだ
（*うまれでくるたて
　こんどはこたにわりやのごとばかりで
　　くるしまなあよにうまれてくる）
おまへがたべるこのふたわんのゆきに
わたくしはいまこころからいのる
どうかこれが天上のアイスクリームになつて
おまへとみんなとに聖《きよ》い資糧をもたらすやうに
わたくしのすべてのさいはひをかけてねがふ

＊あめゆきとってきてください
＊あたしはあたしでひとりいきます
＊またひとにうまれてくるときはこんなにじぶんのことばかりでくるしまないようにうまれてきます

八木重吉

素朴な琴

このあかるさのなかへ
ひとつの素朴な琴をおけば
秋の美しさに耐へかねて
琴はしづかに鳴りいだすだらう

やぎ・じゅうきち（一八九八――一九二七）東京生まれ。二十一歳で洗礼を受け、以後敬虔なキリスト教徒として人生を送る。英語教師を務める傍ら詩作に励むが、結核を患い、二十九歳で早世。生前刊行された詩集は「秋の瞳」のみで、没後「貧しき信徒」「神を呼ぼう」「定本八木重吉詩集」などが刊行された。

うつくしいもの

わたしみずからのなかでもいい
わたしの外の　せかいでも　いい
どこにか「ほんとうに　美しいもの」は　ないのか
それが　敵であっても　かまわない
及びがたくても　よい
ただ　在るということが　分《わか》りさえすれば、
ああ、ひさしくも　これを追うに　つかれたこころ

草に　すわる

わたしの　まちがひだつた
わたしのまちがひだつた
こうして　草にすわれば　それがわかる

萩原朔太郎

旅上

ふらんすへ行きたしと思へども
ふらんすはあまりに遠し
せめては新しき背広を着て
気まゝなる旅にいでてみん。
汽車が山道をゆくとき
みづいろの窓によりかゝりて
われひとりうれしきことをおもはむ

はぎわら・さくたろう（一八八六――一九四二）群馬県生まれ。一九一七年に処女詩集「月に吠える」を刊行。不安や孤独、憂愁といった感情を繊細に綴った。一九二三年には「青猫」「蝶を夢む」を刊行。口語自由詩による新しい世界を展開し、注目された。他に「純情小曲集」「氷島」など。

五月の朝のしのゝめ
うら若草のもえいづる心まかせに。

猫

まつくろけの猫が二疋《ひき》、
なやましいよるの家根のうへで、
ぴんとたてた尻尾のさきから、
糸のやうなみかづきがかすんでゐる。
『おわあ、こんばんは』
『おわあ、こんばんは』
『おぎやあ、おぎやあ、おぎやあ』
『おわああ、ここの家の主人は病気です』

地面の底の病気の顔

地面の底に顔があらはれ、
さみしい病人の顔があらはれ。

地面の底のくらやみに、
うらうら草の茎が萌えそめ、
鼠の巣が萌えそめ、
巣にこんがらかつてゐる、
かずしれぬ髪の毛がふるへ出し、
冬至のころの、
さびしい病気の地面から、
ほそい青竹の根が生えそめ、
生えそめ、
それがじつにあはれふかくみえ、
けぶれるごとくに視《み》え、

じつに、じつに、あはれふかげに視え。
地面の底のくらやみに、
さみしい病人の顔があらはれ。

時計

古いさびしい空家《あきや》の中で
椅子が茫然として居るではないか。
その上に腰をかけて
編物《あみもの》をしてゐる娘もなく
暖炉に坐る黒猫の姿も見えない
白いがらんどうの家中《やなか》で
私は物悲しい夢を見ながら
古風な柱時計のほどけて行く
錆びたぜんまいの響《ひびき》を聴いた。
じぼ・あん・じやん！　じぼ・あん・じやん！
古いさびしい空家の中で
昔の恋人の写真を見てゐた。
どこにも思ひ出す記憶がなく
洋燈《らんぷ》の黄色い光の影で

かなしい情熱だけが漂つてゐた。
私は椅子の上にまどろみながら
遠い人気《ひとけ》のない廊下の向《むこ》うを
幽霊のやうにほごれてくる
柱時計の錆びついた響を聴いた。
じぼ・あん・じやん！　じぼ・あん・じやん！

安西冬衛

春

てふてふが一匹韃靼《だったん》海峡を渡つて行つた。

あんざい・ふゆえ（一八九八――一九六五）奈良県に生まれる。大阪の中学校を卒業した後、大連に渡り、その地で北川冬彦らと詩誌「亜」を刊行した。一九二五年に詩集「軍艦茉莉」を発行するなど、多数の詩集を残した。詩集「亜細亜の鹹湖」「渇ける神」などがある。

茨木のり子

いばらぎ・のりこ（一九二六――二〇〇六）大阪生まれ。童話作家、脚本家としての顔も持つ。金子光晴を愛読し、自身も反骨精神の表れた作品を綴った。一九五三年、川崎洋と「櫂」を創刊。一九五八年「見えない配達夫」を刊行。詩集は他に「鎮魂歌」「対話」などがある。

わたしが一番きれいだったとき

わたしが一番きれいだったとき
街々はがらがら崩れていって
とんでもないところから
青空なんかが見えたりした

わたしが一番きれいだったとき
まわりの人達が沢山死んだ

工場《こうば》で　海で　名もない島で
わたしはおしゃれのきっかけを落《おと》してしまった

わたしが一番きれいだったとき
だれもやさしい贈物《おくりもの》を捧《ささ》げてはくれなかった
男たちは挙手の礼しか知らなくて
きれいな眼差《まなざし》だけを残し皆発《た》っていった

わたしが一番きれいだったとき
わたしの頭はからっぽで
わたしの心はかたくなで
手足ばかりが栗色に光った

わたしが一番きれいだったとき
わたしの国は戦争で負けた
そんな馬鹿なことってあるものか

ブラウスの腕をまくり卑屈な町をのし歩いた

わたしが一番きれいだったとき
ラジオからはジャズが溢れた
禁煙を破ったときのようにくらくらしながら
わたしは異国の甘い音楽をむさぼった

わたしが一番きれいだったとき
わたしはとてもふしあわせ
わたしはとてもとんちんかん
わたしはめっぽうさびしかった

だから決めた　できれば長生きすることに
年とってから凄く美しい絵を描いた
フランスのルオー爺さんのように
ね

倚《よ》りかからず

もはや
できあいの思想には倚りかかりたくない
もはや
できあいの宗教には倚りかかりたくない
もはや
できあいの学問には倚りかかりたくない
もはや
いかなる権威にも倚りかかりたくはない
ながく生きて
心底学んだのはそれぐらい
じぶんの耳目
じぶんの二本足のみで立っていて
なに不都合のことやある

倚りかかるとすれば
それは
椅子の背もたれだけ

自分の感受性くらい

ぱさぱさに乾いてゆく心を
ひとのせいにはするな
みずから水やりを怠っておいて

気難しくなってきたのを
友人のせいにはするな
しなやかさを失ったのはどちらなのか

苛立つのを
近親のせいにはするな
なにもかも下手だったのはわたくし

初心消えかかるのを
暮しのせいにはするな

そもそもが　ひよわな志にすぎなかった

駄目なことの一切を
時代のせいにはするな
わずかに光る尊厳の放棄

自分の感受性くらい
自分で守れ
ばかものよ

新川和江

わたしを束ねないで

わたしを束ねないで
あらせいとうの花のように
白い葱《ねぎ》のように
束ねないでください　わたしは稲穂
秋　大地が胸を焦がす
見渡すかぎりの金色《こんじき》の稲穂

しんかわ・かずえ（一九二九——）茨城県生まれ。女学校在学中から西條八十に師事。柔らかくみずみずしい感性で、さまざまな愛の形などをうたう。室生犀星詩人賞、現代詩人賞など受賞多数。女性詩人を中心とした「現代詩ラ・メール」を吉原幸子とともに創刊した。

わたしを止めないで
標本箱の昆虫のように
高原からきた絵葉書のように
止めないでください　わたしは羽撃《はばた》き
こやみなく空のひろさをかいさぐっている
目には見えないつばさの音

わたしを注《つ》がないで
日常性に薄められた牛乳のように
ぬるい酒のように
注がないでください　わたしは海
夜　とほうもなく満ちてくる
苦い潮《うしお》　ふちのない水

わたしを名付けないで
娘という名　妻という名

重々しい母という名でしつらえた座に
坐《すわ》りきりにさせないでください　わたしは風
りんごの木と
泉のありかを知っている風

わたしを区切らないで
，《コンマ》や　．《ピリオド》いくつかの段落
そしておしまいに「さようなら」があったりする手紙のようには
こまめにけりをつけないでください　わたしは終りのない文章
川と同じに
はてしなく流れていく　拡《ひろ》がっていく　一行の詩

名づけられた葉

ポプラの木には　ポプラの葉
何千何万芽をふいて
緑の小さな手をひろげ
いっしんにひらひらさせても
ひとつひとつのてのひらに
載せられる名はみな同じ〈ポプラの葉〉

わたしも
いちまいの葉にすぎないけれど
あつい血の樹液をもつ
にんげんの歴史の幹から分かれた小枝に
不安げにしがみついた
おさない葉っぱにすぎないけれど
わたしは呼ばれる

わたしだけの名で　朝に夕に
だからわたし　考えなければならない
誰のまねでもない
葉脈の走らせ方を　刻みのいれ方を
せいいっぱい緑をかがやかせて
うつくしく散る法を
名づけられた葉なのだから　考えなければならない
どんなに風がつよくとも

山村暮鳥

雲

おかの上で
年よりと
子どもと
うっとりと雲を
ながめている

おなじく

やまむら・ぼちょう（一八八四——一九二四）群馬県生まれ。十八歳で洗礼を受ける。聖三一神学校を卒業後、秋田聖救主教会に伝道師として着任。一九一三年に詩集「三人の処女」を刊行、翌年には室生犀星、萩原朔太郎と人魚詩社を設立した。詩集「風は草木にささやいた」「雲」、童話集「ちるちる・みちる」など。

おうい雲よ
ゆうゆうと
ばかにのんきそうじゃないか
どこまで行くんだ
ずっと磐城平《いわきだいら》のほうまで行くんか

風景　純銀もざいく

いちめんのなのはな
いちめんのなのはな
いちめんのなのはな
いちめんのなのはな
いちめんのなのはな
いちめんのなのはな
いちめんのなのはな
かすかなるむぎぶえ
いちめんのなのはな

いちめんのなのはな
いちめんのなのはな
いちめんのなのはな
いちめんのなのはな
いちめんのなのはな

いちめんのなのはな
いちめんのなのはな
いちめんのなのはな
ひばりのおしやべり
いちめんのなのはな

いちめんのなのはな
いちめんのなのはな
いちめんのなのはな
いちめんのなのはな
いちめんのなのはな
いちめんのなのはな
いちめんのなのはな
やめるはひるのつき
いちめんのなのはな。

春の川

たっぷりと
春の川は
ながれているのか
いないのか
ういている
わらくずのうごくので
それとしられる

人間に与える詩

そこに太い根がある
これをわすれているからいけないのだ
腕のような枝をひき裂き
葉っぱをふきちらし
がんじょうなみきをへし曲げるような大風のときですら
まっ暗な地べたの下で
ぐっとふんばっている根があると思えばなんでもないのだ
それでいいのだ
そこにこの壮麗がある
樹木をみろ
大木をみろ
このどっしりしたところはどうだ

北原白秋

からまつ

一

からまつの林を過ぎて、
からまつをしみじみと見き。
からまつはさびしかりけり。
たびゆくはさびしかりけり。

きたはら・はくしゅう（一八八五——一九四二）
福岡県に生まれる。新詩社に入り、詩、短歌を発表し、「明星」にて新人の筆頭となるも脱退。その後、「パンの会」を興し、耽美主義運動を推進した。一九〇九年には「邪宗門」を刊行し人気を博す。歌集「桐の花」「雲母集」、詩集「水墨集」などがある。

二

からまつの林を出でて、
からまつの林に入りぬ。
からまつの林に入りて、
また細く道はつづけり。

三

からまつの林の奥も、
わが通る道はありけり。
霧雨のかかる道なり。
山風のかよふ道なり。

四

からまつの林の道は
われのみか、ひともかよひぬ。
ほそぼそとかよふ道なり。
さびさびといそぐ道なり。

五

からまつの林を過ぎて、
ゆゑしらず歩みひそめつ。
からまつはさびしかりけり、
からまつとささやきにけり。

六

からまつの林を出でて、
浅間嶺《あさまね》にけぶり立つ見つ。

浅間嶺にけぶり立つ見つ。
からまつのまたそのうへに。

七

からまつの林の雨は
さびしけどいよよしづけし。
かんこ鳥鳴けるのみなる。
からまつの濡《ぬ》るるのみなる。

八

世の中よ、あはれなりけり。
常なけどうれしかりけり。
山川に山がはの音、
からまつにからまつの風。

ほのかにひとつ

罌粟《けし》ひらく、ほのかにひとつ、
また、ひとつ……

やはらかき麦生《むぎふ》のなかに、
軟風《なよかぜ》のゆらゆるそのに。

薄き日の暮るとしもなく、
月しろの顫《ふる》ふゆめぢを、
もつれ入るピアノの吐息《といき》
ゆふぐれになぞも泣かるる。

さあれ、またほのに生《あ》れゆく
色あかきなやみのほめき。

やはらかき麦生の靄《もや》に、
軟風のゆらゆる胸に。
罌粟ひらく、ほのかにひとつ、
また、ひとつ……

立原道造

のちのおもひに

夢はいつもかへつて行つた　山の麓《ふもと》のさびしい村に
水引草《みずひきぐさ》に風が立ち
草ひばりのうたひやまない
しづまりかへつた午《ひる》さがりの林道を

うららかに青い空には陽《ひ》がてり　火山は眠つてゐた
——そして私は

たちはら・みちぞう（一九一四——一九三九）東京生まれ。堀辰雄に師事し、「四季」の同人になる。第一回中原中也賞を受賞。ソネット形式を用いたロマンチックな詩が多い。東京帝大の建築学科を卒業し、建築家でもあった。結核のため、二十四歳で夭逝。

見て来たものを　島々を　波を　岬を　日光月光を
だれもきいてゐないと知りながら　語りつづけた……

夢は　そのさきには　もうゆかない
なにもかも　忘れ果てようとおもひ
忘れつくしたことさへ　忘れてしまつたときには

夢は　真冬の追憶のうちに凍るであらう
そして　それは戸をあけて　寂寥《せきりょう》のなかに
星くづにてらされた道を過ぎ去るであらう

眠りの誘《いざな》ひ

おやすみ　やさしい顔した娘たち
おやすみ　やはらかな黒い髪を編んで
おまへらの枕もとに胡桃色《くるみいろ》にともされた燭台《しょくだい》のまはりには
快活な何かが宿つてゐる（世界中はさらさらと粉の雪）

私はいつまでもうたつてゐてあげよう
私はくらい窓の外に　さうして窓のうちに
それから　眠りのうちに　おまへらの夢のおくに
それから　くりかへしくりかへして　うたつてゐてあげよう

ともし火のやうに
風のやうに　星のやうに
私の声はひとふしにあちらこちらと……

するとおまへらは　林檎の白い花が咲き
ちひさい緑の実を結び　それが快い速さで赤く熟れるのを
短い間に　眠りながら　見たりするであらう

わかれる昼に

ゆさぶれ　青い梢を
もぎとれ　青い木の実を
ひとよ　昼はとほく澄みわたるので
私のかへつて行く故里《ふるさと》が　どこかにとほくあるやうだ

何もみな　うつとりと今は親切にしてくれる
追憶よりも淡く　すこしもちがはない静かさで
単調な　浮雲《うきぐも》と風のもつれあひも
きのふの私のうたつてゐたままに
弱い心を　投げあげろ
噛みすてた青くさい核《たね》を放るやうに
ゆさぶれ　ゆさぶれ

ひとよ

いろいろなものがやさしく見いるので
唇を噛んで　私は憤ることが出来ないやうだ

金子みすゞ

わたしと　小鳥と　すずと

わたしが両手をひろげても、
お空はちっともとべないが、
とべる小鳥はわたしのように、
地面《じべた》をはやくは走れない。

わたしがからだをゆすっても、
きれいな音はでないけど、

かねこ・みすず（一九〇三——一九三〇）山口県生まれ。早くから詩の才能を開花させ、西條八十から「若き童謡詩人の中の巨星」と賞賛されるも、自ら死を選び二十六歳でこの世を去る。没後しばらく作品が散逸していたが、一九八〇年代に入り全集が出版され、再び注目を集めた。代表作に「私と小鳥と鈴と」「大漁」など。

あの鳴るすずはわたしのように
たくさんなうたは知らないよ。

すずと、小鳥と、それからわたし、
みんなちがって、みんないい。

ふしぎ

わたしはふしぎでたまらない、
黒い雲からふる雨が、
銀にひかっていることが。

わたしはふしぎでたまらない、
青いくわの葉たべている、
かいこが白くなることが。

わたしはふしぎでたまらない、
たれもいじらぬ夕顔が、
ひとりでぱらりと開くのが。

わたしはふしぎでたまらない、
たれにきいてもわらってて、

あたりまえだ、ということが。

大漁

朝焼け小焼けだ
大漁だ
大羽《おおば》いわしの
大漁だ

浜は祭りの
ようだけど
海のなかでは
何万の
いわしのとむらい
するだろう

大関松三郎

おおぜき・まつさぶろう（一九二六――一九四四）
新潟県生まれ。小学校時代、生活綴方運動に取り組んだ寒川道夫の指導のもと詩作を行う。小作農の家に生まれ育ち、農民の心や自然を描いた作品を多く残した。一九四四年に戦死。戦後、寒川の手により詩集「山芋」が刊行された。

虫けら

一くわ
どっしんと降ろして　ひっくり返した土の中から
もぞもぞと　いろんな虫けらが出て来る
土の中にかくれていて
あんきにくらしていた虫けらが
おれの一くわで　たちまち大さわぎだ
おまえは　くそ虫と言われ

おまえは　みみずと言われ
おまえは　へっこき虫と言われ
おまえは　げじげじと言われ
おまえは　ありごと言われ
おまえらは　虫けらと言われ
おれは　人間と言われ
おれは　百姓と言われ
おれは　くわを持って　土を耕さねばならん
おれは　おまえたちのうちをこわさねばならん
おれは　おまえたちの　大将でもないし　敵でもないが
おれは　おまえたちを　け散らかしたり　殺したりする
おれは　困った
おれは　くわを立てて考える

だが虫けらよ
やっぱりおれは土を耕さんばならんでや

おまえらを　け散らかして行かんばならんでや
なあ
虫けらや　虫けらや

水

大きなやかんを
空のまんなかまでもちあげて
とっくん　とっくん　水をのむ
とっくん　とっくん　とっくん　とっくん
のどがなって
にょろ　にょろ　にょろ　つめたい水が
のどから　むねから　いぶくろへはいる
とっくん　とっくん　とっくん
にょろ　にょろ　にょろ
息をとめて　やかんにすいつく
自動車みたいに　水をつぎこんでいる
のんだ水は　すぐまた　あせになって
からだじゅうから　ぷちっとふきでてくる
もう　いっぱい

もう　ひと息

とっくん　とっくん　とっくん　とっくん
どうして　こんなに　水はうまいもんかなあ
こんな水が　なんのたしになるもんかしらんが
水をのんだら　やっと　こしがしゃんとした
ああ　空も　たんぼも
すみから　すみまで　まっさおだ
おひさまは　たんぼのまんなかに
白い光を　ぶちまけたように　光っている
遠いたんぼでは　しろかきの馬が
ぱしゃっ　ぱしゃっと　水の光をけちらかしている
うえたばかりの苗の頭が風に吹かれて
もう　うれしがって　のびはじめてるようだ

さっき　とんでいったかっこうが
村の　あの木で　鳴きはじめた

丸山薫

水夫の足

水夫ははだしで歩いている
すべすべした甲板を

毎朝　そこは
砂と椰子の果《ココナッツ》で磨かれる
潮で流し
ブルムでぬぐい

まるやま・かおる（一八九九――一九七四）大分県生まれ。一九三二年に処女詩集「帆・ランプ・鷗」を刊行。堀辰雄、三好達治と詩誌「四季」を創刊する。東京高等商船に進学（後に中退）するなど海への憧れが強く、詩作品にもその思いが表れている。京大卒、東大中退。詩集は他に「物象詩集」「月渡る」「丸山薫全集」など。

赤道の太陽が乾かす
海の風に埃《ほこり》はない
だから　水夫たちの足は
波を踏むよりきれいだ

あるとき
かれらは高いヤードにいる
一本の索《つな》に懸かって
みんなの瞳がその白い足裏を見上げている
まるで　七ツの海が映っているかのように

鉱業

人間ははじめ鉄の一片を手でつくった
その鉄片をもって鉄を鍛え
鉄よりもさらにつよい鋼《はがね》をつくった

今日　柔らかな人の手は鉄を練ることはできない
鉄は火に溶かして　鉄をもって打たなければならない
だが　鉄を盛る炉も　振りおろされるハンマーも
鉄のほかの何物でもない
鉄をつくる鉄が先か
つくられる鉄が先であるのか
とまれ　人ははじめの鉄の一片を手でつくった

むかし　人間の知恵は木をこすって炎を燃え立たせ
手で手を破る石器をとぎ

石器と炎をもって石を砕く鉄をつくった
ある日　わたしはみずからの双の手のひらをかざして太陽に向けた
すると　ひよわくひらいた指のわかれから
いたましく血をふく無数の遠い祖先の手のひらが重なり合って見えた
それらはたちまち緑と紫の火花を散らして
ごうごうと歯車のように回りはじめた

小野十三郎

葦《あし》の地方

遠方に
波の音がする。
うら枯れ始めた大葦原の上に
高圧線の弧が大きくたるんでいる。
地平には重油タンク。
寒い透き通る晩秋の日の中を
ユーファウシャのようなとうすみとんぼが風に流され

おの・とおざぶろう（一九〇三――一九九六）大阪府生まれ。萩原恭次郎らによる詩誌「赤と黒」に影響を受け、アナーキズム詩運動に参加する。一九三九年に刊行された詩集「大阪」では戦時下の大阪の風景を鋭く描いた。他詩集に「火呑む欅」「重油富士」「拒絶の木」など。戦後は大阪文学学校を創設、校長も務めた。

硫安や　ソーダや
電気や　鋼鉄の原で
ノジギクの一むらが縮れ上がり
絶滅する。

山頂から

山にのぼると
海は天まであがってくる。
なだれおちるような若葉みどりのなか。
下の方で　しずかに
かっこうがないている。
風に吹かれて高いところにたつと
だれでもしぜんに世界のひろさをかんがえる。
ぼくは手を口にあてて
なにか下の方に向かって叫びたくなる。
五月の山は
ぎらぎらと明るくまぶしい。
きみは山頂よりも上に
青い大きな弧《こ》をえがく
水平線を見たことがあるか。

村野四郎

鹿

鹿は　森のはずれの
夕日の中に　じっと立っていた
彼は知っていた
小さい額が狙われているのを
けれども　彼に
どうすることが出来ただろう
彼は　すんなり立って

むらの・しろう（一九〇一――一九七五）東京生まれ。新即物主義の影響を受け、視覚的な作品を綴った。一九三九年刊行の「体操詩集」では写真と詩を組み合わせた斬新さが注目を浴びる。他の詩集に「罠」「抒情飛行」「亡羊記」など。童謡「ぶんぶんぶん」「巣立ちの歌」の作詞でも知られる。

村の方を見ていた
生きる時間が黄金のように光る
彼の棲家《すみか》である
大きい森の夜を背景にして

さんたんたる鮟鱇《あんこう》

へんな運命がわたしをみつめている――リルケ

顎《あご》を　むざんに引っかけられ
逆さに吊りさげられた
うすい膜の中の
くったりした死
これは　いかなるもののなれの果《はて》だ

見なれない手が寄ってきて
切りさいなみ　削りとり
だんだん稀薄になっていく　この実在
しまいには　うすい膜も切りさられ
もう　鮟鱇はどこにも無い
惨劇は終っている

なんにも残らない庇《ひさし》から
まだ　ぶら下《さが》っているのは
大きく曲《まが》った鉄の鉤《かぎ》だけだ

鉄棒

僕は地平線に飛びつく
わずかに指さきが引っかかった
僕は世界にぶら下がった
筋肉だけが僕の頼みだ
僕は赤くなる　僕は収縮する
足が上がってゆく
おお　僕は何処へ行く
大きく世界が一回転して
僕が上になる
高くからの俯瞰
ああ　両肩に柔軟な雲

金子光晴

くらげの唄《うた》

ゆられ、ゆられ
もまれもまれて
そのうちに、僕は
こんなに透きとおってきた。

だが、ゆられるのは、らくなことではないよ。

かねこ・みつはる（一八九五――一九七五）愛知県生まれ。早大、東京美校、慶大いずれも中退。二年の欧州滞在から帰国後、「こがね虫」を刊行、絢爛な作風が注目された。その後も海外放浪と執筆を繰り返すが、作風は反骨的なものへと変化した。詩集に「鮫」「落下傘」「IL」など。一九五三年「人間の悲劇」で読売文学賞受賞。

外からも透いてみえるだろ。ほら。
僕の消化器のなかには
毛の禿《ち》びた歯刷子《はブラシ》が一本、
それに、黄いろい水が少量。

心なんてきたならしいものは
あるもんかい。いまごろまで。
はらわたもろとも
波がさらっていった。

僕？　僕とはね、
からっぽのことなのさ。
からっぽが波にゆられ、
また、波にゆりかえされ。

しおれたかとおもうと、

ふじむらさきにひらき、
夜は、夜で
ランプをともし。

いや、ゆられているのは、ほんとうは
からだを失《な》くしたこころだけなんだ。
こころをつつんでいた
うすいオブラートなのだ。

いやいや、こんなにからっぽになるまで
ゆられ、ゆられ
もまれ、もまれた苦しさの
疲れの影にすぎないのだ！

富士

重箱のように
狭っくるしいこの日本。

すみからすみまでみみっちく
俺達は数えあげられているのだ。

そして、失礼千万にも
俺達を召集しやがるんだ。

戸籍簿よ。早く焼けてしまえ。
誰も。俺の息子をおぼえてるな。

息子よ。
この手のひらにもみこまれていろ。

帽子のうらへ一時、消えていろ。
父と母とは、裾野《すその》の宿で
一晩じゅう、そのことを話した。
裾野の枯林《かればやし》をぬらして
小枝をピシピシ折るような音を立てて
夜どおし、雨がふっていた。

息子よ。ずぶぬれになったお前が
重たい銃を曳《ひ》きずりながら、喘《あえ》ぎながら
自失したようにあるいている。それはどこだ？

どこだかわからない。が、そのお前を
父と母とがあてどなくさがしに出る
そんな夢ばかりのいやな一夜が

長い、不安な夜がやっと明ける。
雨はやんでいる。
息子のいないうつろな空に
なんだ。糞面白くもない
あらいざらした浴衣のような
富士。

中野重治

なかの・しげはる（一九〇二――一九七九）福井県生まれ。東大独文科卒。在学中に堀辰雄らと「驢馬」を創刊、その一方でプロレタリア文学運動に参加した。一九三一年に日本共産党に入党するが後に除名。一九六九年「甲乙丙丁」で野間文芸賞受賞。他に小説「歌のわかれ」、詩集「中野重治詩集」、評論「斎藤茂吉ノオト」など。

歌

おまえは歌うな
おまえは赤ままの花やとんぼの羽根を歌うな
風のささやきや女の髪の毛の匂いを歌うな
すべてのひよわなもの
すべてのうそうそとしたもの
すべてのものうげなものを撥《はじ》き去れ
すべての風情を擯斥《ひんせき》せよ

もつぱら正直のところを
腹の足しになるところを
胸さきを突きあげてくるぎりぎりのところを歌え
たたかれることによつて弾《は》ねかえる歌を
恥辱の底から勇気を汲みくる歌を
それらの歌々を
咽喉《のど》をふくらまして厳しい韻律に歌いあげよ
それらの歌々を
行く行く人びとの胸郭にたたきこめ

豪傑

むかし豪傑というものがいた
彼は書物をよみ
嘘をつかず
みなりを気にせず
わざをみがくために飯を食わなかった
うしろ指をさされると腹を切った
恥ずかしい心が生じると腹を切った
かいしゃくは友達にしてもらった
彼は銭をためるかわりにためなかった
つらいというかわりに敵を殺した
恩を感じると胸のなかにたたんでおいて
あとでその人のために敵を殺した
いくらでも殺した
それからおのれも死んだ

生きのびたものはみな白髪《しらが》になった
白髪はまっ白であった
しわがふかく眉毛がながく
そして声がまだ遠くまで聞こえた
彼は心を鍛えるために自分の心臓をふいごにした
そして種族の重いひき臼をしずかにまわした
重いひき臼をしずかにまわし
そしてやがて死んだ
そして人は　死んだ豪傑を　天の星から見わけることができなかった

しらなみ

ここにあるのは荒れはてた細ながい磯だ
うねりははるかな沖なかに湧いて
よりあいながら寄せてくる
そしてここの渚に
さびしい声をあげ
秋の姿でたおれかかる
そのひびきは奥ぶかく
せまった山の根にかなしく反響する
がんじょうな汽車さえもためらいがちに
しぶきは窓がらすに霧のようにもまつわってくる
ああ　越後《えちご》のくに　親しらず市振《いちふり》の海岸
ひるがえる白浪《しらなみ》のひまに
旅の心はひえびえとしめりをおびてくるのだ

最後の箱

なんという愚かなやつだろう
おれはそれを高い道路に坐《すわ》って見ていたのだ
機関車をはじめほかの箱どもが
どっしりした重量をはらんで車輪の音をひびかせて行くのに
そいつはごろごろという音を立ててひっぱられて行くのだ
四角な黒い図体《ずうたい》をして
なかには荷物も何もはいってないのに違いない
ごろごろといって一番あとから蹤《つ》いて行くのだ
前の箱の腰のところにつかまってどこまでもどこまでも蹤いて行くのだ
もう五時間もたてば　どこか遠い田舎の線路の上を
あいつはやはりあんな恰好をして走っているのだろう
なんという愚かなやつだろう
あいつの愚かな姿を見送っているうちに
おれは少しずつ悲しくなってきた

かぞえていたその貨物列車の箱かずを忘れてしまった

佐藤春夫

海の若者

若者は海で生まれた。
風を孕《はら》んだ帆の乳《ち》ぶさで育った。
すばらしく大きくなった。
ある日海へ出て
彼はもう帰らない。
もしかするとあのどっしりした足どりで
海へ大またに歩みこんだのだ。

さとう・はるお（一八九二――一九六四）和歌山県生まれ。早くから「スバル」「三田文学」に詩を発表。一九一九年に小説「田園の憂鬱」を発表し、古風で叙情的な作風が注目を集めた。他に詩集「殉情詩集」「佐藤春夫詩集」など。門人が多いことでも知られ、太宰治、井伏鱒二、檀一雄など多くの作家が彼を師と仰いだ。

とり残された者どもは
泣いて小さな墓をたてた。

秋刀魚《さんま》の歌

あはれ
秋かぜよ
情《こころ》あらば伝へてよ
――男ありて
夕餉《ゆうげ》に　ひとり
さんまを食《くら》ひて
思ひにふける　と。

さんま、さんま、
そが上に青き蜜柑《みかん》の酸《す》をしたたらせて
さんまを食ふはその男がふる里のならひなり。
そのならひをあやしみなつかしみて　女は
いくたびか青き蜜柑をもぎて夕餉にむかひけむ。
あはれ、人に捨てられんとする人妻と

妻にそむかれたる男と食卓にむかへば、
愛うすき父を持ちし女の児《こ》は
小さき箸をあやつりなやみつつ
父ならぬ男にさんまの腸《わた》をくれむと言ふにあらずや。

あはれ
秋かぜよ
汝《なれ》こそは見つらめ
世のつねならぬかの団欒《まどい》を。
いかに
秋かぜよ
いとせめて
証《あかし》せよ、かの一ときの団欒ゆめに非《あら》ず　と。

あはれ
秋かぜよ

情あらば伝へてよ、
夫《つま》に去られざりし妻と
父を失はざりし幼児《おさなご》とに
伝へてよ
――男ありて
夕餉に　ひとり
さんまを食ひて
涙をながす　と。

さんま、さんま、
さんま苦いか塩《しょ》つぱいか。
そが上に熱き涙をしたたらせて
さんまを食ふはいづこの里のならひぞや。
あはれ
げにそは問はまほしくをかし。

千家元麿

朝飯

朝、家の中に日の光が舞い込んで来て
天井に輝く
その下に食卓を並べて
妻と自分と子供とすわる
妻は自分たちの食べ物をひとり働いてよそってくれる
自分と子供とは待ちかねて手を出す

せんげ・もとまろ（一八八八――一九四八）東京都生まれ。武者小路実篤に師事し、白樺系の人たちと交わる。佐藤惣之助らと同人誌「テラコッタ」を創刊。人間や自然への情愛を歌った人道主義、理想主義的な詩が多い。詩集「自分は見た」「虹」などがある。

この朝は少しも寒いとは思わない
みんな黙って食べ始める　静かだ

思わず祈りたくなる
顔に力がこもって幸福だと黙って思う
妻はいろんなものに手を出す子供をちょいちょいしかる
子供も負けていないで小ぜり合いをやる
日は暖かに天井で笑い室内にいっぱいになる

雁《がん》

暖かい静かな夕方の空を
百羽ばかりの雁が
一列になって飛んで行く
天も地も動かない静かな景色の中を、ふしぎにだまって
同じように一つ一つセッセと羽を動かして
黒い列をつくって
静かに音もたてずに横切ってゆく
そばへ行ったら羽の音がさわがしいのだろう
息切れがしてつかれているのもあるのだろう
だが地上にはそれは聞こえない
かれらはみんながだまって、心でいたわり合い助け合って飛んでゆく。
前のものが後になり、後ろのものが前になり
心が心を助けて、セッセセッセと
勇ましく飛んで行く。

その中には親子もあろう、兄弟姉妹も友人もあるにちがいない
この空気もやわらいで静かな風のない夕方の空を選んで、
一団になって飛んで行く
暖かい一団の心よ。
天も地も動かない静かさの中をなんじばかりが動いてゆく
だまってすてきなはやさで
見ているうちに通り過ぎてしまう。

山之口貘

ねずみ

生死の生をほっぽり出して
ねずみが一匹浮彫みたいに
往来のまんなかにもりあがっていた
まもなくねずみはひらたくなった
いろんな
車輪が
すべって来ては

やまのくち・ばく（一九〇三――一九六三）沖縄県生まれ。父親の事業が失敗し、一家離散の憂き目に遭う。職を転々とし、貧乏と放浪の日々を送りながら詩作を行った。一九三八年、第一詩集「思弁の苑」を刊行。自らの生活や飾らない庶民感情を独特のユーモアで描いた作風が注目された。他に詩集「鮪に鰯」など。

あいろんみたいにねずみをのした
ねずみはだんだんひらたくなった
ひらたくなるにしたがって
ねずみは
ねずみ一匹の
ねずみでもなければ一匹でもなくなって
その死の影すら消え果てた
ある日　往来に出て見ると
ひらたい物が一枚
陽《ひ》にたたかれて反っていた

賑やかな生活である

誰も居なかつたので
ひもじい、と一声出してみたのである
その声のリズムが呼吸のやうにひびいておもしろいので
私はねころんで思ひ出し笑ひをしたのである
しかし私は
しんけんな自分を嘲《あざけ》つてしまふた私を気の毒になつたのである
私は大福屋の小僧を愛嬌でおだててやつて大福を食つたのである
たとへ私は
友達にふきげんな顔をされても、侮蔑をうけても私は、メシツブでさへあればそれを食べるごとに、市長や郵便局長でもかまはないから長の字のある人たちに私の満腹を報告したくなるのである
メシツブのことで賑やかな私の頭である
頭のむかふには、晴天だと言つてやりたいほど無茶に、曇天のや

うな郷愁がある
あつちの方でも今頃は
瘠《や》せたり煙草を喫《す》つたり咳《せき》をしたりして、父も忙しからうとおも
ふのである
妹だつてもう年頃だらう
をとこのことなど忙しいおもひをしてゐるだらう
遠距離ながらも
お互ひさまにである
みんな賑やかな生活である

妹へ　おくる手紙

なんといふ妹なんだらう
――兄《にい》さんはきつと成功なさると信じてゐます。とか
――兄さんはいま東京のどこにゐるのでせう。とか
ひとづてによこしたその音信のなかに
妹の眼をかんじながら
僕もまた、六、七年ぶりに手紙を書かうとはするのです
この兄さんは
成功しようかどうしようか結婚でもしたいと思ふのです
そんなことは書けないのです
東京にゐて兄さんは犬のやうにものほしげな顔してゐます
そんなことも書かないのです
兄さんは、住所不定なのです
とはますます書けないのです
如実的ないつさいを書けなくなつて

とひつめられてゐるかのやうに身動きもできなくなつてしまひ　満身の力をこめ
　てやつとのおもひで書いたのです
ミンナゲンキカ
と、書いたのです。

田中冬二

山鴫

谷間は暮れかかり
燐寸《マッチ》を擦《す》ると　その小さい焔《ほのお》は光の輪をゑがいた
やうやく獲た一羽の山鴫《やましぎ》
まだぬくもりのある　その山鴫の重量に
私はまた別の重いものを感じた

たなか・ふゆじ（一八九四――一九八〇）福島県生まれ。中学時代に文学に目覚め、卒業後は銀行で働きながら詩作に励む。一九二九年、第一詩集「青い夜道」を刊行。故郷の自然や伝統に根ざした作風で注目を浴びた。「晩春の日に」で高村光太郎賞受賞。日本現代詩人会の会長も務めた。

雑木林を　とびたつた二羽の山鴫
褪《あ》せかけた夕映《ゆうばえ》が銃口にあつた

黒田三郎

紙風船

落ちてきたら
今度は
もっと高く
もっともっと高く
何度でも
打ち上げよう
美しい

くろだ・さぶろう（一九一九――一九八〇）広島県生まれ。東大経済学部卒。戦時中は現地招集でジャワに入る。帰国後、NHKに入社して記者を務めた。一九四七年、詩誌「荒地」創刊に携わる。一九五五年、「ひとりの女に」でH氏賞受賞。他に「失はれた墓碑銘」「小さなユリと」「渇いた心」など。

願いごとのように

僕はまるでちがって

僕はまるでちがってしまったのだ
なるほど僕は昨日と同じネクタイをして
昨日と同じように貧乏で
昨日と同じように何にも取柄《とりえ》がない
それでも僕はまるでちがってしまったのだ
なるほど僕は昨日と同じ服を着て
昨日と同じように飲んだくれで
昨日と同じように不器用にこの世に生きている
それでも僕はまるでちがってしまったのだ
ああ
薄笑いやニヤニヤ笑い
口を歪めた笑いや馬鹿笑いのなかで
僕はじっと眼をつぶる
すると

僕のなかを明日の方へとぶ
白い美しい蝶がいるのだ

ある日ある時

秋の空が青く美しいという
ただそれだけで
なにかしらいいことがありそうな気のする
そんなときはないか
空高く噴き上げては
むなしく地に落ちる噴水の水も
わびしく梢をはなれる一枚の落ち葉さえ
なにかしら喜びに踊っているように見える
そんなときが

石垣りん

表札

自分の住むところには
自分で表札を出すにかぎる。

自分の寝泊まりする場所に
他人がかけてくれる表札は
いつもろくなことはない。

いしがき・りん（一九二〇――二〇〇四）東京生まれ。高等小学校卒業と同時に日本興業銀行に入社、定年まで勤める。一九五九年「私の前にある鍋とお釜と燃える火と」を刊行。一九六八年「表札など」を刊行、同作でH氏賞を受賞する。日常的なテーマから人間や社会とのつながりを独特のユーモアを交えて綴った。

病院へ入院したら
病室の名札には石垣りん様と
様が付いた。

旅館に泊まつても
部屋の外に名前は出ないが
やがて焼場の鑵《かま》にはいると
とじた扉の上に
石垣りん殿と札が下がるだろう
そのとき私がこばめるか？

様も
殿も
付いてはいけない、

自分の住む所には

自分の手で表札をかけるに限る。

精神の在り場所も
ハタから表札をかけられてはならない
石垣りん
それでよい。

シジミ

夜中に目をさました。
ゆうべ買ったシジミたちが
台所のすみで
口をあけて生きていた。

「夜が明けたら
ドレモコレモ
ミンナクッテヤル」

鬼ババの笑いを
私は笑った。
それから先は
うっすら口をあけて
寝るよりほかに私の夜はなかった。

挨拶——原爆の写真によせて

あ、
この焼けただれた顔は
一九四五年八月六日
その時広島にいた人
二五万の焼けただれのひとつ

すでに此の世にないもの

とはいえ
友よ
向き合った互《たがい》の顔を
も一度見直そう
戦火の跡もとどめぬ
すこやかな今日の顔

すがすがしい朝の顔を

その顔の中に明日の表情をさがすとき
私はりつぜんとするのだ

地球が原爆を数百個所持して
生と死のきわどい淵《ふち》を歩くとき
なぜそんなにも安らかに
あなたは美しいのか

しずかに耳を澄ませ
何かが近づいてきはしないか
見きわめなければならないものは目の前に
えり分けなければならないものは
手の中にある
午前八時一五分は

毎朝やってくる

一九四五年八月六日の朝
一瞬にして死んだ二五万人の人すべて
いま在る
あなたの如《ごと》く　私の如く
やすらかに　美しく　油断していた。

石原吉郎

木のあいさつ

ある日　木があいさつした
といっても
おじぎしたのでは
ありません
ある日　木が立っていた
というのが
木のあいさつです

いしはら・よしろう（一九一五――一九七七）
静岡県生まれ。東京外語大ドイツ語学部卒。
一九三九年応召。シベリアに抑留されるが、特赦を受けて一九五三年に帰国。一九五五年、粕谷栄市らと詩誌「ロシナンテ」を創刊した。
一九六四年「サンチョ・パンサの帰郷」でH氏賞受賞。他に「石原吉郎詩集」「水準原点」など。

そして　木がついに
いっぽんの木であるとき
木はあいさつ
そのものです
ですから　木が
とっくに死んで
枯れてしまっても
木は
あいさつしている
ことになるのです

麦

いっぽんのその麦を
すべて苛酷な日のための
その証《あか》しとしなさい
植物であるまえに
炎であったから
穀物であるまえに
勇気であったから
上昇であるまえに
決意であったから
そうしてなによりも
収穫であるまえに
祈りであったから
天のほか　ついに
指すものをもたぬ

無数の矢を
つがえたままで
ひきとめている
信じられないほどの
しずかな茎を
風が耐える位置で
記憶しなさい

山本太郎

散歩の唄――あかりと爆に

右の手と左の手に
ぶらさがった子供たちが
上をむいて
オトーチャマという
俺も上をむいて
誰かの名前を呼びたいが
誰もいない

やまもと・たろう（一九二五――一九八八）東京都生まれ。父は画家の山本鼎、母は北原白秋の妹。東大独文科卒業。金井直たちと「零度」を創刊。詩集「ゴリラ」で高村光太郎賞、「覇王紀」で読売文学賞、「ユリシィズ」「鬼火」で藤村記念歴程賞を受賞。

俺の空はみごとにがらんどうで
鳥に化けた雲ばかりが
飛んでゆく
すばらしいじゃないか
このがらんどうのなかで
お前達のオカーチャマが
一本のローソクのように
燃えていたのだ
燃えてふるえて俺をまっていたのだ
お前達もいつかは
がらんどうの空をもつだろう
そのときは　ひとりびとりの
たしかな脚で立って歩いて
お前達の焔をお探し
ほら　ぶらさがってはだめだ
もういちど上をみてごらん

もうオトーチャマの顔はない
間違ってはいけない
ゆらゆらゆれているのは
消えてゆく雲だ

生まれた子に

もうだめなんだ
お前は立ってしまったんだ
脳味噌の重みを
ずーんと受けて
立ってしまったんだ
もうだめなんだ
ごらん
お前は影をもってしまった
お前の手は
小さな疑いの石を
いつのまにか
固くにぎってしまった
そら歩いてごらん
あとはそいつを

太陽の方角へ
投げるだけだ
石は三〇年もすれば
おちてきて
お前の額を撃つだろう
そのときお前は
もういちど立つだろう
父がそうしたように
心の力で

吉原幸子

喪失ではなく

大きくなって
小さかったことのいみを知ったとき
わたしは〝えうねん〟を
ふたたび　もった
こんどこそ　ほんたうに
はじめて　もった

よしはら・さちこ（一九三二――二〇〇二）東京都に生まれる。幼い頃から萩原朔太郎や北原白秋の詩に親しむ。高校・大学時代は演劇に熱中。劇団四季に入団し、主役を務めるも退団。「幼年連祷」で室生犀星賞を受賞。女性詩人を中心とした「現代詩・ラメール」を新川和江とともに創刊した。

誰でも　いちど　小さいのだった
わたしも　いちど　小さいのだった
電車の窓から　きょろきょろ見たのだ
けしきは　新しかったのだ　いちど

それがどんなに　まばゆいことだったか
大きくなったからこそ　わたしにわかる

だいじがることさへ　要らなかった
子供であるのは　ぜいたくな　哀しさなのに
そのなかにゐて　知らなかった
雪をにぎって　とけないものと思ひこんでゐた
いちどのかなしさを
いま　こんなにも　だいじにおもふとき
わたしは〝えうねん〟を　はじめて生きる

もういちど　電車の窓わくにしがみついて
青いけしきのみづみづしさに　胸いっぱいになって
わたしは　ほんたうの
少しかなしい　子供になれた——

これから

わたしは　生まれてしまった
わたしは　途中まで歩いてしまった
わたしは　あちこちに書いてしまった
余白　もう
余白しか　のこっていない

ぜんぶまっ白の紙が欲しい　何も書いてない
いつも　何も書いてない紙
いつも　これから書ける紙
（書いてしまえば書けないことが
書かないうちなら　書かれようとしているのだ）

雲にでも　みの虫にでも　バラにでも

何にでも　これからなれる　いのちが欲しい

出さなかった手紙
うけとらなかった　手紙が欲しい

これから歩こうとする
青い青い野原が欲しい

吉野弘

夕焼け

いつものことだが
電車は満員だった。
そして
いつものことだが
若者と娘が腰をおろし
としよりが立っていた。
うつむいていた娘が立って

よしの・ひろし（一九二六――二〇一四）山形県生まれ。高校卒業後、石油会社に勤める。戦後は労働組合運動に従事するが、過労で倒れ療養中に詩作に励む。日常に潜む人間の愛や優しさを綴った詩が多い。「感傷旅行」で読売文学賞を受賞。他詩集に「幻・方法」「陽を浴びて」など。

としよりに席をゆずった。
そそくさととしよりがすわった。
礼も言わずにとしよりは次の駅で降りた。
娘はすわった。
別のとしよりが娘の前に
横あいから押されてきた。
娘はうつむいた。
しかし
また立って
席を
そのとしよりにゆずった。
としよりは次の駅で礼を言って降りた。
娘はすわった。
二度あることは　と言うとおり
別のとしよりが娘の前に
押し出された。

可哀想に
娘はうつむいて
そして今度は席を立たなかった。
次の駅も
次の駅も
下唇をキュッと噛んで
身体をこわばらせて——。
ぼくは電車を降りた。
固くなってうつむいて
娘はどこまで行ったろう。
やさしい心の持ち主は
いつでもどこでも
われにもあらず受難者となる。
なぜって
やさしい心の持ち主は
他人のつらさを自分のつらさのように

感じるから。
やさしい心に責められながら
娘はどこまでゆけるだろう。
下唇を噛んで
つらい気持ちで
美しい夕焼けも見ないで。

祝婚歌

二人が睦《むつ》まじくいるためには
愚かでいるほうがいい
立派すぎないほうがいい
立派すぎることは
長持ちしないことだと気付いているほうがいい
完璧をめざさないほうがいい
完璧なんて不自然なことだと
うそぶいているほうがいい
二人のうちどちらかが
ふざけているほうがいい
ずっこけているほうがいい
互いに非難することがあっても
非難できる資格が自分にあったかどうか
あとで

疑わしくなるほうがいい
正しいことを言うときは
少しひかえめにするほうがいい
正しいことを言うときは
相手を傷つけやすいものだと
気付いているほうがいい
立派でありたいとか
正しくありたいとかいう
無理な緊張には
色目を使わず
ゆったり　ゆたかに
光を浴びているほうがいい
健康で　風に吹かれながら
生きていることのなつかしさに
ふと　胸が熱くなる
そんな日があってもいい

そして
なぜ胸が熱くなるのか
黙っていても
二人にはわかるのであってほしい

田村隆一

木

木は黙っているから好きだ
木は歩いたり走ったりしないから好きだ
木は愛とか正義とかわめかないから好きだ

ほんとうにそうか
ほんとうにそうなのか

たむら・りゅういち（一九二三——一九九八）東京都に生まれる。一九四七年に鮎川信夫らと「荒地」を創刊。翻訳業のかたわら詩作に打ち込み、一九六三年には「言葉のない世界」で高村光太郎賞、一九八五年には「奴隷の歓び」で読売文学賞を受賞するなど、名声を高めた。詩集「四千の日と夜」「緑の思想」「新年の手紙」など。

見る人が見たら
木は囁《ささや》いているのだ　ゆったりと静かな声で
木は歩いているのだ　空にむかって
木は稲妻のごとく走っているのだ　地の下へ
木はたしかにわめかないが
木は
愛そのものだ　それでなかったら小鳥が飛んできて
枝にとまるはずがない
正義そのものだ　それでなかったら地下水を根から吸いあげて
空にかえすはずがない

若木
老樹

ひとつとして同じ木がない
ひとつとして同じ星の光のなかで

目ざめている木はない
木
ぼくはきみのことが大好きだ

四千の日と夜

一篇の詩が生れるためには、
われわれは殺さなければならない
多くのものを殺さなければならない
多くの愛するものを射殺し、暗殺し、毒殺するのだ

見よ、
四千の日と夜の空から
一羽の小鳥のふるえる舌がほしいばかりに、
四千の夜の沈黙と四千の日の逆光線を
われわれは射殺した

聴け、
雨のふるあらゆる都市、鎔鉱炉《ようこうろ》、
真夏の波止場と炭坑から

たったひとりの飢えた子供の涙がいるばかりに、
四千の日の愛と四千の夜の憐《あわれ》みを
われわれは暗殺した

記憶せよ、
われわれの眼に見えざるものを見、
われわれの耳に聴えざるものを聴く
一匹の野良犬の恐怖がほしいばかりに、
四千の夜の想像力と四千の日のつめたい記憶を
われわれは毒殺した

一篇の詩を生むためには、
われわれはいとしいものを殺さなければならない
これは死者を甦らせるただひとつの道であり、
われわれはその道を行かなければならない

谷川俊太郎

たにかわ・しゅんたろう（一九三一――）東京都に生まれる。二十一歳のとき、第一詩集「二十億光年の孤独」でデビュー。以来、さまざまな詩の試みに挑戦し、「六十二のソネット」「世間知ラズ」などの詩集を刊行。詩作のほか、劇作、翻訳、作詞なども手掛ける。萩原朔太郎賞、読売文学賞など受賞多数。

二十億光年の孤独

人類は小さな球の上で
眠り起きそして働き
ときどき火星に仲間を欲しがったりする

火星人は小さな球の上で
何をしてるか　僕は知らない
（或《あるい》はネリリし　キルルし　ハララしているか）

しかしときどき地球に仲間を欲しがったりする
それはまったくたしかなことだ

万有引力とは
ひき合う孤独の力である

宇宙はひずんでいる
それ故みんなはもとめ合う

宇宙はどんどん膨んでゆく
それ故みんなは不安である

二十億光年の孤独に
僕は思わずくしゃみをした

朝のリレー

カムチャツカの若者が
きりんの夢を見ているとき
メキシコの娘は
朝もやの中でバスを待っている
ニューヨークの少女が
ほほえみながら寝がえりをうつとき
ローマの少年は
柱頭《ちゅうとう》を染める朝陽《あさひ》にウインクする
この地球では
いつもどこかで朝がはじまっている

ぼくらは朝をリレーするのだ
経度から経度へと
そうしていわば交替で地球を守る

眠る前のひととき耳をすますと
どこか遠くで目覚時計のベルが鳴ってる
それはあなたの送った朝を
誰かがしっかりと受けとめた証拠なのだ

かなしみ

あの青い空の波の音が聞えるあたりに
何かとんでもないおとし物を
僕はしてきてしまったらしい

透明な過去の駅で
遺失物係の前に立ったら
僕は余計に悲しくなってしまった

芝生

そして私はいつか
どこかから来て
不意にこの芝生の上に立っていた
なすべきことはすべて
私の細胞が記憶していた
だから私は人間の形をし
幸せについて語りさえしたのだ

空に小鳥がいなくなった日

森にけものがいなくなった日
森はひっそり息をこらした
森にけものがいなくなった日
ヒトは道路をつくりつづけた

海に魚がいなくなった日
海はうつろにうねりうめいた
海に魚がいなくなった日
ヒトは港をつくりつづけた

街に子どもがいなくなった日
街はなおさらにぎやかだった
街に子どもがいなくなった日
ヒトは公園をつくりつづけた

ヒトに自分がいなくなった日
ヒトはたがいにとても似ていた
ヒトに自分がいなくなった日
ヒトは未来を信じつづけた

空に小鳥がいなくなった日
空は静かに涙ながした
空に小鳥がいなくなった日
ヒトは知らずに歌いつづけた

出典一覧

島崎藤村
初恋…『新しい国語3／東京書籍／平成24年』
やしの実…『みんなと学ぶ小学校国語六年下／学校図書／平成12年』
千曲川旅情の歌…『国語中学3年上／日本書籍／昭和33年』

高村光太郎
道程…『新中学国語三／教育図書研究会／昭和41年』
ぼろぼろな駝鳥…『精選国語総合／東京書籍／平成15年』
その年私の十六が来た…『探求国語Ⅰ／桐原書店／平成10年』
人に…『新国語1／三省堂／昭和54年』
レモン哀歌…『伝え合う言葉中学国語2／教育出版／平成24年』

室生犀星
小景異情…『新編現代国語2／学校図書／昭和55年』
誰かをさがすために…『精選国語Ⅰ／東京書籍／平成10年』
寂しき春…『高等学校用国語Ⅰ二訂版／筑摩書房／昭和63年』
家庭…『国語二高等学校用総合／中央図書／昭和32年』

三好達治
甃のうへ…『新選国語Ⅰ／東京書籍／昭和60年』
大阿蘇…『国語中学3年上／日本書籍／昭和33年』

ブブル…『小学国語6下／日本書籍／昭和52年』
雪…『国語6上創造／光村図書／昭和56年』

中原中也

汚れつちまつた悲しみに……『国語総合現代文編／東京書籍／平成15年』
一つのメルヘン…『国語Ⅱ新訂版／東京書籍／平成4年』
頑是ない歌…『高等学校改訂版新訂国語二現代文・表現編／第一学習社／平成11年』
生ひ立ちの歌…『新編国語総合三訂版／大修館書店／平成23年』
骨…『新版高校国語二／日本書籍／平成7年』

草野心平

富士山…『中学生の国語三年下／東京修文館／昭和28年』
ぐりまの死…『新国語総合改訂版／教育出版／平成19年』
青イ花…『基本国語Ⅰ最新版／明治書院／平成3年』
春殖…『新国語総合改訂版／教育出版／平成19年』
冬眠…『新国語総合改訂版／教育出版／平成19年』

宮沢賢治

雨ニモマケズ…『国語二総合中学校用／中央図書／昭和33年』
くらかけ山の雪…『高等学校精選国語Ⅰ改訂版／角川書店／昭和60年』
岩手山…『探求国語総合（現代文・表現編）改訂版／桐原書店／平成19年』

松の針…『われわれの國語二／秀英出版／昭和24年』
永訣の朝…『探求国語総合（現代文・表現編）改訂版／桐原書店／平成19年』

八木重吉

素朴な琴…『ひろがる言葉小学国語5下／教育出版／平成23年』
うつくしいもの…『現代国語一新修二版／明治書院／昭和54年』
草に　すわる…『新編現代文／筑摩書房／平成8年』

萩原朔太郎

旅上…『言語と文学一上／秀英出版／昭和28年』
猫…『高等学校国語総合〔現代文・表現編〕／三省堂／平成15年』
地面の底の病気の顔…『高等学校国語Ⅰ／右文書院／昭和60年』
時計…『現代文高等学校用教科書〔現文〇〇一〕／東京書籍／昭和58年』

安西冬衛

春…『新編現代文／三省堂／平成8年』

茨木のり子

わたしが一番きれいだったとき…『明解国語Ⅰ改訂版／三省堂／平成3年』
倚りかからず…『高等学校国語総合／旺文社／平成15年』
自分の感受性くらい…『新選国語二改訂版／尚学図書／平成11年』

新川和江
わたしを束ねないで…『国語3／光村図書／平成18年』
名づけられた葉…『中学校国語3／学校図書／平成9年』

山村暮鳥
雲…『小学国語4下／日本書籍／昭和52年』
風景　純銀もざいく…『ひろがる言葉小学国語6上／教育出版／平成23年』
春の川…『国語現代編一／秀英出版』
人間に与える詩…『国語高等学校用総合／文学社／昭和32年』

北原白秋
からまつ…『中学国語三年上／中教出版／昭和33年』
ほのかにひとつ…『高等標準国語文学編二／教育図書／昭和28年』

立原道造
のちのおもひに…『最新国語Ⅰ／教育出版／昭和63年』
眠りの誘ひ…『国語Ⅰ／東京書籍／昭和57年』
わかれる昼に…『新編現代文／三省堂／平成8年』

金子みすゞ
わたしと　小鳥と　すずと…『小学国語3上／大阪書籍／平成14年』
ふしぎ…『小学生の国語四年／三省堂／平成23年』

大漁…『わたしたちの小学国語５下／日本書籍／平成16年』

大関松三郎

虫けら…『中学校現代の国語最新版１／三省堂／昭和47年』
水…『国語６年の１／日本書籍／昭和26年』

丸山薫

水夫の足…『標準国語一改訂版／尚学図書／平成３年』
鉱業…『現代国語一／筑摩書房／昭和37年』

小野十三郎

葦の地方…『中学校現代の国語最新版３／三省堂／昭和50年』
山頂から…『ひろがる言葉小学国語５上／教育出版／平成23年』

村野四郎

鹿…『新編現代文／東京書籍／平成16年』
さんたんたる鮟鱇…『高等学校新現代文（二訂版）／第一学習社／昭和62年』
鉄棒…『新国語Ｉ／旺文社／平成６年』

金子光晴

くらげの唄…『高等学校新国語Ⅱ／大修館書店／平成元年』
富士…『国語Ⅱ／筑摩書房／平成７年』

中野重治
歌…『改訂国語Ⅰ／東京書籍／昭和60年』
豪傑…『新版現代文／尚学図書／平成８年』
しらなみ…『高校生の国語Ⅱ／角川書店／平成11年』
最後の箱…『高等学校標準国語総合／第一学習社／平成15年』

佐藤春夫
海の若者…『「国語」高等二年（一）／教育図書／昭和27年』
秋刀魚の歌…『新版高校現代文／日本書籍／平成８年』

千家元麿
朝飯…『総合高校国語（改訂版）一上／実教出版／昭和34年』
雁…『新しい国語６下／東京書籍／昭和55年』

山之口貘
ねずみ…『高等学校現代文／三省堂／平成16年』
賑やかな生活である…『高等学校現代文／角川書店／平成７年』
妹へおくる手紙…『新版現代国語Ⅰ／三省堂／昭和48年』

田中冬二
山鴫…『新版現代国語改訂版２／三省堂／昭和52年』

黒田三郎
紙風船…『みんなと学ぶ小学校国語五年下／学校図書／平成23年』
僕はまるでちがって…『新国語3／三省堂／昭和56年』
ある日ある時…『新国語一／尚学図書／平成6年』

石垣りん
表札…『高等学校国語Ⅱ／学校図書／昭和58年』
シジミ…『新版高校国語一／日本書籍／平成6年』
挨拶——原爆の写真によせて…『国語3／光村図書／平成24年』

石原吉郎
木のあいさつ…『明解国語Ⅰ改訂版／三省堂／平成10年』
麦…『国語総合現代文編／東京書籍／平成19年』

山本太郎
散歩の唄——あかりと爆に…『新編現代文／東京書籍／昭和62年』
生まれた子に…『高等学校用国語Ⅱ二訂版／筑摩書房／昭和64年』

吉原幸子
喪失ではなく…『新編国語Ⅰ／東京書籍／平成6年』
これから…『高校生の国語Ⅰ／明治書院／平成10年』

吉野弘

夕焼け…『高等学校現代国語1／旺文社／昭和48年』

祝婚歌…『現代文［新訂版］／筑摩書房／平成20年』

田村隆一

木…『新版高校国語一／日本書籍／平成6年』

四千の日と夜…『高等学校新現代文（二訂版）／第一学習社／昭和62年』

谷川俊太郎

二十億光年の孤独…『新編国語総合／東京書籍／平成15年』

朝のリレー…『現代の国語1／三省堂／平成18年』

かなしみ…『現代文新修版／明治書院／昭和61年』

芝生…『高校国語1／三省堂／昭和60年』

空に小鳥がいなくなった日…『現代文［新訂版］／筑摩書房／平成20年』

※出典はすべて教科書ですが、日本語表記方法などは、なるべく原典に近い形で記してあります。

彩図社好評既刊本

文豪たちが書いた

泣ける名作短編集

彩図社文芸部 編纂

本体価格 590円+税

文豪達が綴る、哀しくも切ない
短編作品アンソロジー

太宰治…「眉山」／新美南吉…「鍛冶屋の子」
有島武郎…「火事とポチ」／芥川龍之介…「蜜柑」
横光利一…「春は馬車に乗って」／森鷗外…「高瀬舟」
織田作之助…「旅への誘い」／久生十蘭…「葡萄蔓の束」
宮沢賢治…「よだかの星」／菊池寛…「恩讐の彼方に」

10人の文豪たちが綴る、目頭がじんと熱くなる物語

学校でおぼえた 日本の名詩

平成28年2月12日 第1刷

編　纂　　彩図社文芸部

発行人　　山田有司

発行所　　株式会社　彩図社
東京都豊島区南大塚3-24-4
MTビル　〒170-0005
TEL:03-5985-8213　FAX:03-5985-8224
URL : http://www.saiz.co.jp
Twitter : https://twitter.com/saiz_sha

印刷所　　新灯印刷株式会社

 ISBN978-4-8013-0116-0 C0192

※本書作成にあたり、一部、旧字体を新字体に改め、一部ルビを変更した。